赤木和代

Akagi Kazuyo

句集

近江上布

Omi-jofu

文學の森

序

このたび、赤木和代さんの句集『近江上布』が上木の運びとなったことを私は心からよろこんでいる。赤木さんはとにかく、昔ながらの学びの形をわきまえて師事するということを実践している人である。伝統を学ぶ方法はいくつかあり、俳句という、かたちを重んずる芸術に於いてはどうするべきかを知っているか否かが、その人の作品の上達にも関ってくるような気がする。

赤木さんは日本海に面した、蕪村のふるさとにも近いところで少女時代を過ごし、京都の大学で学んでから近在の中学校、高等学校で数年教壇に立って国語などの指導をした経験もあるという。国語力に於いては信用できる赤木さんらしく文章力にも優れているので、ずっと「笹」誌上でも執筆してもらっている。また現住所の滋賀県に於ける中日びわこ文化センターの講師として皆さんの指導にも当ってもらっている。更にまた月一回は「笹」月例句会にも新幹線を使って参加して学び、「笹」の行事の中心としても任務を果してもらっている。有力な人材の一人として多方面から承認されていて、それに伴って作句力もめきめき上がっていることは、一人の作家が育っていく現実の見本である。今回の第一句集も、『近江上布』という伝統と日本美を視野に容れ、言語表現を切り口として未来へ視点を置いているその姿勢に賛同して、私が出来る限りの応援を惜しまない所以もご理解頂けると思う。

そこで作品に目を転ずると、次の二句は平成二十年の作品であり、お人柄のやさしさが表現されている。

料峭や答辞の言葉生き生きと

消息の墨色ゆかし寒見舞

平成二十一年になると

春 動 く 船 窓 円 き 湖 の 景
濠 沿 ひ や 桜 の お ぼ ろ 染 め あ が る

琵琶湖の景が浮上してくることを読み取ることができる。
平成二十二年では多賀大社への初詣からはじまることも忘れがたい。

初 社 柏 手 二 つ 神 へ 伏 す

平成二十三年になると淡海への視点もきまってくる。

大 旦 近 つ 淡 海 の 鳥 の 陣
一 塊 の 春 雲 冠 る 伊 吹 山
弥 陀 を 抱 く 近 江 今 津 の 座 禅 草
春 霞 島 影 遥 か 竹 生 島
河 鹿 鳴 く 西 国 札 所 長 命 寺
水 郷 の 真 菰 青 々 鋭 し よ

菅浦の紅葉参道舟御陵
賤ヶ岳先に展《ひら》ける冬の湖
冬木立琵琶湖は近き浅井郷

固有名詞もうまく生かされている。今後も湖を廻り村々を訪ねて文字化することの楽しみが限りなく広がっていることと想像される。

平成二十四年になると次の句を抽出したい。

淡海に常世の神の初御空
次庵まで色づく柿に導かれ
蟷螂のみどりの眼草の色
幻住庵一山照らす後の月
一山に一炉の備へ幻住庵

平成二十五年の作品では

初晴や湖の真中を御光さす

よろづ世の勾玉池の淑気かな
大見得に声の掛かりて初芝居
お松明散りて火の粉は闇を焼く
み吉野の桜蘂降る西行庵
轟音をかぶりて一の滝見台
足さばき手さばきかろき盆踊
焼岳の噴煙微か山紅葉
学問は尽きぬみちなり桃青忌

など、愛誦したい作品は多岐にわたっている。
平成二十六年の作品に目を移すと、いちだんと視線が鋭く対象に向かって言語化されていることを発見する。

初卯杖白き半紙に吉包む
書初のうまの字躍る天満書
公魚の釣人湖の底見えず

黒田武士発祥の地ぞ蕗の薹
土手に群るかたかごの花むらさきに
赤白の御幣帛振る多賀まつり
太閤橋かけ声をもて越ゆ神輿
夏木蔭あをく閑かに三成像
ももとせの近江上布の麻の糸
灼岩や獅子も巌も荒削り
一村に満つる藁の香秋の夕
柿一つ去来の墓に供へ申す

平成二十七年になると更に視点が鋭く、深まってゆく眼の力が感じられる。

赤木さんという一人の作家は、この句集『近江上布』に着実にその成長過程を書き記している。将来の楽しみな作家である。今後どのように成長を果して、俳境を背負っていくか、大いに期待したいところである。

ももとせの近江上布の麻の糸

この一句のように、己の足下である近江の地を見わたし観察することによって自己の視野を広げ、歴史を学び、赤木さん特有の俳境を深めてゆくことの楽しさを発見し、自己啓発を重ねていく頼もしい人物であることを強調しておきたい。

第一句集の上木を心から祝してここに序文を草し、将来を期待して筆を擱きたいと思う。

平成二十七年菊香る日に

伊藤敬子

句集　近江上布＊目次

装丁　巖谷純介

句集　近江上布

平成二十年

消息の墨色ゆかし寒見舞

料峭や答辞の言葉生き生きと

春の宵初めましてと会ふ二人

掛け軸の鶯梅の二字好みけり

空蟬の常葉に残る苦界かな

瀬戸内の船泊まり待つ蟬しぐれ

星月夜一人暮らしの母想ふ

検診日葉裏くぐりし秋の風

爽籟の子守唄など寝入りたり

糜《び》城《じよう》の井水豊かなり木賊生ゆ

秋日射す海底螺鈿金色に

秋深しどんでん返し忍者消え

足早に往く人のあり落葉どき

寒月の透ける白さに兎狩

平成二十一年

松明けの遊覧船に鷗群れ

初鐘や撞木引き寄す勢ひに

振鈴の響き明るく春宮居

春霜を一縷一縷と解きゆけり

枝垂れ梅年々歳々笑みこぼし

春動く船窓円き湖の景

朝桜湖風渡る膳所社
濠沿ひや桜のおぼろ染めあがる

きみどりの一個一個は春キャベツ

こつくりと孕雀も昼寝かな

目ぢからの噺家軽羅ひよいと背に

含羞草ゆかしき所作の草葉かな

点滴の滴の向かう夏の湖

夏嵐術後の生と向かひ合ふ

群青の曼茶羅清か青楓

夏帽子リバーシブルを遊びたり

聖母子のラピスラズリの青の夏

雅楽の音蛍飛び交ふ糺の森

父の日の「父《ちち》敬《うやまう》」の酒贈る
舟渡御の出合ひ船にも手打ちかな

逆流と睨み競ひし川の蟹

益荒男の舟漕ぐ櫓の音秋大し

伐り竹の灯り点して茶会席

水鏡秋空ありて魚群るる

水郷の無花果の下潜りゆく

気上がりの息真っ白に秋の駒

水面ゆく番結びの赤蜻蛉
鼓の音小督の舞にひめつばき

舟着きの日溜りを抱く鴨の二羽

平成二十二年

初社柏手二つ神へ伏す

多賀大社先《せん》食《じき》台《だい》に松明けて

松過や寿命石にも爪立ちて

忘己利他書初の字に教はるる

玉響や春神渡る鈴の音
おにぎりは五分咲の下梅の園

鳥交るほど良き距離の枝と枝

花菜色生き物たちを招き寄す

焼き締めの土の語りし春の風
天皇のかりそめの宿花千本

邪気祓ふ花の供会式蔵王堂

春大根皮たつぷりと剥きて炊く

東大寺柱穴背に桜東風

田園に友と溶け込み紫雲英摘む

キャタピラに纏はりつきし蛇苺

朝掘りの筍ぐんぐん顔見せる

戴菜の花弁の青み雨上がり

等伯の達磨大師や著莪の花

朱夏の昼母と引き合ふ真綿かな

湿原に蜻蛉の生れ浅井郷

大戸開け蔵元の土間涼しかり

上がり端夏の座敷に大福帳

乗鞍の山滴るや濡つ雨
夏霧の木道隠す一刹那

李白の詩呉王宮裏の合歓の花

酒盞手に収まる温み菊日和

翁の碑中山道は萩の道

水差に梶の葉蓋や星祭

七夕の螺鈿なつめの青の濃し

冬瓜の半透明を切りすすむ

蜻蛉の翅に夕日の擦り抜ける
花野道獣の如く分け進む

木道に靴音弾む花野みち

漁りの北国日和秋暮るる

鹿笛や秘仏在せる御堂訪ふ

上高地一気に紅葉駆け下る

眼裏に収まる紅葉の景なりし

長屋門潜るとともに実千両

冬萌や鎖《さ》鑰《やく》のかかる南蔵

紙漉くや簀の子の中に水の玉

印ひも紙漉くごとに挿みゆく

白樺の幹に頰あて冬木立

河童橋初冠雪の風の過ぐ

平成二十三年

大旦近つ淡海の鳥の陣

高崎の福達磨目の揃ひたり

面一本紅旗の上がる初稽古

寒の内打板の荒き木槌跡

三つ爪の龍の睨みし寒九かな

金縷梅や金の紙縒りのしべ抱く

桃の日の酒蔵飾る段飾り
一山にほつほつと咲く山桜

一塊の春雲冠る伊吹山

弥陀を抱く近江今津の座禅草

春色の神の光や天主堂

駆けつけし父の旅立ち桜まじ

春霞島影遥か竹生島

雨脚に揉まれて桜蘂の降る

更衣一足飛びの薄着かな

河鹿鳴く西国札所長命寺

龍馬へのピストル展示梅雨晴間

苔の花南溟庭の砂紋搔く

海霧かかる満珠・干珠の島遥か

仄暗き三億年の洞涼し

韋駄天の雄々しき面や解夏近し

姫沙羅の花の零るる旅の宿

圊《かわや》神《がみ》烏《う》瑟《す》沙《さ》摩《ま》の坐す夏座敷

真昼間の大の字の児に枕蚊帳

水郷の真菰青々鋭しよ

「俳壇抄」のご縁にて

時の日やベルリンの壁目の前に

ホウホウと鵜匠の声に潜りゆく
足半の摩り切れてあり鵜匠小屋

青空を弾ませてゐる刺繡花

沢渡る縞蛇鰭を隠し持ち

芍薬の蕾の上に立つ滴

立山の連峰遥か海霧の裏

疎雨に濡れ鵜仕舞ひの鵜の羽広ぐ

茄子の馬駿馬目利きの父のゐて

菱採りて再び水面星映す

鉦叩豪雨の後の深き闇

菱喰や勢ふ両翼胸広げ

太宰府の厄除け瓢簞色深し

島唄や指笛高く踊の輪
縄を引く家族総出の迎鐘

新盆の父の好物小さき膳

菅浦の紅葉参道舟御陵

鶏足寺濡るる紅葉の秘仏かな

逆立ちの水掻きばたつく鴨一羽

小春日や調緒きりり羯鼓見ゆ

賤ヶ岳先に展《ひら》ける冬の湖

冬木立琵琶湖は近き浅井郷

ジュピターとビーナス抱ふ除夜の月

東大寺大蠟燭に年詰まる

大地凍つ明日を育むいのちかな

白露地の枯山水や寒鴉

寒荒るる案内の僧の赤き足

平成二十四年

淡海に常世の神の初御空

宝船枕の下の波の音

ふかぶかと女礼者の京ことば

五線譜の碑に刻まるる早春賦

穂高川春の瀬音の柔らかき

犀川のきらめき浴びて残る鴨

一群れのまた一群れの北帰行

鳥帰る羯鼓の桴《ばち》の足を持ち

春霖に烟りてありし竹生島

春雪の上に楮の束眠る

モチーフにあふるる光花蘇枋

宗旦のわび茶の二畳花うつぎ

大らかに泰山木の花光る

枇杷の実の下に七盛塚坐る

笹の香の鱒鮨一つつまみたる

地中海ニースに青き青葉潮

アトリエの隅にイーゼル薄暑光

オルセー美術館にて

夏時計もとは駅なる美術館

セーヌ川煌めき浴びて船遊
竹落葉モネの池なる笹小舟

麦秋や深きゴッホの黄に酔ひし

青蜥蜴ゴッホはね橋くぐり過ぐ

青岬女神見おろすエズの村
グレースの愛せしエズの覇王樹花

初蟬や瀞に立ちたる水明り

夏の灯や写経の文字に蘇州筆

鵜篝の火の粉飛び交ふ仕舞船

二月堂前も後ろも蟬の声

許六忌の空高けれど無月なり

舟航の風波ありけりおにやんま

朗々と秋風唱ふ畝傍山

爽涼の人こそ知らね青池塘

傷秋や八島湿原「あざみの歌」

蟷螂のみどりの眼草の色

制札や奉行の庵の萩の花

次庵まで色づく柿に導かれ

幻住庵一山照らす後の月

文化の日玉串納む伊勢の国

入相の返照響む鹿の声

縦になり横になりたる散紅葉

黄蜀葵《とろろ》糊紙漉槽を満たしけり

黄蜀葵色紙漉く槽の息づかひ

一山に一炉の備へ幻住庵

息白し条帛まとふ伎芸天

北近江冬日静かに渡り往く

賤ヶ岳湖北時雨るる中をゆく

平成二十五年

初晴や湖の真中を御光さす

天照るや日に戯るる初雀

よろづ世の勾玉池の淑気かな

初薬師錦の厨子を拝顔す

初薬師神像石も列なせり

太棹の三味線の音初芝居

吉野山藤十郎の初鼓

招き寄す粋な隈取り初芝居

大見得に声の掛かりて初芝居

初芝居九郎狐が身をそらす

おもだかや襲名歌舞伎二の替
柏木の森に吉祥初参宮

吉佐宮天の梯子に春きざす

春の波ひたひた寄する竹生島

水の玉光の先を帰雁せる
お松明散りて火の粉は闇を焼く

夢殿の八方ひらく花の昼

斑鳩のみ寺の庭の糸桜

退職の庭に桜を残しゆく

散る花やけものの道ゆく西行庵

屈折のワイングラスに若緑

み吉野の桜蘂降る西行庵

花の屑西行庵に降りかかり

飛花ひとつ移りゆくなり奥千本

九十九折り目に千本の花吉野

老鶯や奥に義経隠れ塔

今盛る祝宴卓の白牡丹
あかがねの樋に色さす若葉光

きらきらと水田の光る早苗月

すべて佳き丸葉の中のひつじぐさ

厄除けの授与所風鈴高鳴れる
漲れる滝浴びの水結界に

夏蝶や鼈甲簪額の中

蜀葵三間半の織田の槍

別天地寝そべりて見む夏青嶺

塩くれ場夏牛舌の強きこと

大和なる那智の火祭たけなはに

轟音をかぶりて一の滝見台

合歓の花きつね日和に色を変ふ
一つ打ち踊太鼓の鳴り始む

足さばき手さばきかろき盆踊

一日を天に約束酔芙蓉

一の池二の池明神黄葉紅葉

金秋の木道小径土竜道

奥山の明神池に紅葉茶屋

ゴンドラは紅葉の天運びゆく

山気満つ紅葉の聖地佇みて
焼岳の噴煙微か山紅葉

穂高背に融水珈琲秋暮るる

横向きの久女の髷のさやけしや

西の湖に刈葦の束横たはる
戸袋に凭れ掛かりて後の月

学問は尽きぬみちなり桃青忌

小春日や富士正面に赤き橋

雪の不二幽かに見ゆる測候所

漆黒の闇の広さよ寒昴

霜声に応ふるやうに梓川

富士の裾冬菜畑も美しく

永遠に涌く湧玉池に年の満つ
餅配老爺手づから丸めたり

歳晩や軍師の地より使者率ゐ

落柿舎の形よろしき青木の実

平成二十六年

初卯杖白き半紙に吉包む

茅葺きの社の屋根の大破魔矢

書初のうまの字躍る天満書

一月の竹林のあを嵯峨野径

畝傍山八紘一宇の年新た

女正月五鈷杵五色の紐たぐる

東風の名の大欅立つ宮御土居

「俳句界」のご縁にて東大寺長老様と

長老の柔らかき手や春の午後

公魚の釣人湖の底見えず

黒田武士発祥の地ぞ蕗の薹

春飛雪北国街道たしかめて
淡雪の白き語らひ峡の里

遠望の線ゆるゆると木の芽山

弥生山やまぶきにほひの襲して

魞挿すや朦朧として湖上浮く

土手に群るかたかごの花むらさきに

ガラス雛机の上に光りたる

山桜郷の静かに山雨急

益荒男を偲ばむ苗代桜かな

弱法師を吟ずる多賀の花の塵

甘茶仏天上天下へ指細し

酒殿の前に咲きたる花馬酔木

蘆の角舷丈に伸びてをり

五月光糸華やかにびん細工

赤白の御幣帛振る多賀まつり

太閤橋かけ声をもて越ゆ神輿

まさをなる夏朝顔の北淡海

夏濤や一本舵の朽ちてあり

夏木蔭あをく閑かに三成像

苧麻布の八十路匠の染模様

麻蚊帳の吊輪に時の移ろひぬ
ももとせの近江上布の麻の糸

梅雨じめる吊革へ手をのばしたる
捕へたる雨粒あまた蜘蛛の糸

金魚菓子鉢は編み込み刺繡糸

下足番上がり框に金魚鉢

窟《いわや》滝熊野に出会ふ水標

夏蟬や瑞垣御座す熊野神

浜木綿の白の際立つ花窟《はなのいわや》

炎昼や碁石をひとつ七里御浜

鉄線花うすす紫を木の下に

不意打ちの如雨露に挑む子蟷螂

灼岩や獅子も巌も荒削り

天牛や首傾げゐる雨後の朝

確かむる風鈴の音の黄鐘調

明治世の色なき風や久女の里

一村に満つる藁の香秋の夕

秋の土黒々と富士五合目に

行く秋や富士の土産の天狗鈴

雨上がり白式部の実滴して

柿一つ去来の墓に供へ申す

濡れそぼつ次庵の庭の杜鵑草

中山道六十九次雨の月

新松子青き一日の浮御堂

唐梨や関雪邸の籠あふれ

柿すだれ磨針峠の家並路に

慈照寺の鳳凰見上ぐ紅葉山

けらつつきここぞここぞと幹つつく

大岩の蹲踞として秋の雲

宿夕べ池塘を奔る流れ星

枯蟷螂攀づる片手は鎌ひとつ

二尊院甍いろどる散紅葉

磐座の嶺々のいろ里時雨

東西の廻廊すすむ石蕗の花

酒蔵の麹の菌は寒の闇

蒲生野の相聞歌碑に寒の風

稜線をたどりてすすむ雪の不二

大鷲の鷲摑みして鯉を食ぶ

冬日向藪の羅漢の黙座かな

照り雨やをばら山径冬桜

水鳥や雲平筆の里めざす

忘年の交はりの地の枯野草

平成二十七年

天離る鄙白妙や初山河

放つ矢の風突き抜ける射場始

獅子舞や多賀の里練る鉦と笛

獅子頭操りすすむ篠の笛

むつび月神鈴社殿に軽からず

凛として三十三間射初終ふ

初会や古事記冒頭高らかに
はだれ野を急ぎ老蘇の森に立つ

春渚手に寄す貝の殻合せ

春の波しづかに三河保美の里

句碑の前杜国を慕ふ黄水仙

春濤や日出《ひい》の石門《せきもん》しぶきあぐ

みづうみを抱き羽撃く春の雁

琴糸を富貴と名づけ春浅し

渤海使能登国渡る梅の宮

梅月夜気比の染筆大鳥居

伸暢の鞦韆包む夕べなり

明け方に雨戸をたたく穀雨かな

熊谷草きりり見おろす不動尊

あまもよひ知らせてゐたる初燕

湖国なる一本道は麦の秋

祇王寺の茅葺き照らす若楓

若楓いざ船謡ふ竹生島

小鼓の調緒きりつと麦の風

入母屋の能の舞台に青田風

鼓の音揃ひて夏の仕舞かな

若夏や面に高揚足拍子

三輪明神目付け柱に扇掛け

早苗田に夕日の朱墨落しゆく

田水張り刻々と去る夕日かな

洛東の金福寺みち酷暑なり

夏霞翁慕ひて謝寅墓

天帝の授く一縷の沙羅の花

一層の夕焼加ふ山の端に

台風過許六とともに長純寺

許六忌や古文書並ぶ莚席

句集　近江上布　畢

あとがき

この度、伊藤敬子先生のお奨めを頂き、句集『近江上布』を上梓できますことを心より深謝申し上げます。

若き日、私は昭和皇后の妹君でいらっしゃる東本願寺大谷智子裏方の発願で、経典『仏説観無量寿経』の水想観にある文言にちなみ、仏教の教えによって真実心を育むことを建学の精神として設立された大学で学びました。清澄な智慧の光は、心の闇を破り本性を常に照らしてくれるという教えは、今日の学びの礎となっております。当時の文学部は玉上琢彌先生の『源氏物語』の講義もあり、恵まれた環境の中で学ばせて頂きました。その中で、小田良弼先生にヴァレリー、ランボーの詩論や世阿弥の芸術論などを学び、越智先生に「芭蕉」の講座を学ぶことができましたことは大変幸せなことでした。女性が大学進学を選択することもままならない頃、両親・祖母の理解と大学の特別奨学金で支えられ、無事卒業できたことをありがたく思っております。

結婚後、夫の転勤先である私の故郷の地にて、昭和五十八年から平成十五年の間、中学校、主に高等学校の講師を務めてきました。そこでの授業の中でクラス詩集やクラス句集なども作ったりしてきました。高等学校の古典のテキストに、去来と許六が論争したという『去来抄』の「名月と明月」についての記述があり、許六の真実を見抜く目の鋭さと、絵画から俳句に通じる感性に魅了されたことがあります。

三年前、名古屋市博物館開館三十五周年記念特別展「芭蕉―広がる世界、深まる心―」が開催され、午後からの「笹」句会の前に急いで鑑賞に出掛けたことがあります。その中の「かれえだに」発句画賛（松尾芭蕉筆・賛／森川許六画／出光美術館蔵）に心惹かれました。秋の暮れの閑寂さが墨の濃淡だけで表現され一番の傑作に思えたのです。

今年、許六の弟子毛紈の布袋の掛け軸を拝見する機会を得、そして、許六の三百回忌の法要に参加することが出来ました。芭蕉十哲の一人である許六が現在私が暮らしている彦根に居住していたということにも感慨深いものがあり、不思議な繋がりを感じます。

「笹」には月刊誌の入選を機に、本格的に俳句の勉強をするために入会し、「笹」句会や吟行で、対象に向かう姿勢等俳句のエッセンスをご指導頂いております。このような四季折々の自然風物を眺め、愛でることを喜びとしてきた古来の詩的表現の延長線上に、今学んでいる俳句もあるということを、伊藤敬子先生に師事する中で再確認しました。また「笹」誌には、「現代俳句月評」など多くの文章を掲載させて頂いております。さらに、光栄にもびわこ文化センターの講師にも推薦をして頂きました。昨年からは長浜市の関係により、伊藤敬子主宰に奥びわ湖俳句大会の選者を快く引き受けて頂き、お傍から選者の姿勢を学ばせて頂いております。

主宰は、第一回山本健吉文学賞を受賞され、月刊誌の選者だけでなく、時雨忌全国俳句大会、芭蕉顕彰名古屋俳句祭、おばら杉田久女俳句大会、落柿舎投句大賞などの選者もされ、地域貢献も含め大変お忙しい中、このような未熟な作品集に『近江上布』という題名を頂戴しましたことに心から感謝申し上げます。

芭蕉も東海道や中山道を旅したように、「三方よし」の精神の下、近江商人も商いの旅に出掛けています。中山道の高宮宿は、多賀大社一の鳥居が立ち、室町時代から全国的に有名な麻布、高宮上布の集散地でした。その高宮神社には芭蕉の句碑があります。また、近隣の小林家には、芭蕉が明照寺に門人李由を訪ねた折に逗留した時の紙子塚が現在も建っており、ここで句も詠んでいます。

平成二十五年、愛荘町愛知川にある近江上布伝統産業会館に、百年前の麻糸があることを知り、江戸時代から使われている天秤腰機を用いてタペストリーを織り上げる機会を得ました。俳句のお陰で楽しいタイムスリップの時間を得ることが出来ました。

大岡信氏の『ことばの力』にあるように、まだまだ氷山の一角の言葉も使いこなせてはいませんが、少しだけ季語の持つ力の強弱に触れたような気がしています。今度の句集は、平成二十年から二十七年、「笹」の諸先輩の皆様とともに歩ませて頂いた折の作品です。一句一句の凝縮した時間・空間に、「笹」の皆様方のお姿が浮かびます。主宰の一句

ものの芽のひとつひとつにこころざし

のように、対象をしっかり凝視し、余情をのせて言葉の遠近の表現が出来るように、また時間・空間の中で一つの対象を共有化できる句を目指したいと思います。今後心眼により言霊が得られるよう驕ることなく研鑽を積んで参りたいと存じます。今後ともご指導の程よろしくお願い申し上げます。

この度の句集上梓につきまして、「文學の森」の皆様方には、大変お世話になり誠に有難うございました。心より厚くお礼申し上げます。

平成二十七年中秋

赤木和代

著者略歴

赤木和代（あかぎ・かずよ）

昭和32年　京都府生まれ。光華女子大学文学部日本文学科卒業
昭和58年　京丹後市の中学校の講師を務める
その後、平成15年まで中学校及び京都府立高等学校
（宮津高等学校・網野高等学校等）の講師を務める
平成17年　彦根に引越し、彦根俳壇の俳句教室にて作句を始める
平成20年　東海俳句懇話会「笹」入会、伊藤敬子に師事
平成22年　「笹」呉竹賞受賞、中日びわこ文化センター講師
「笹」竹林同人
平成24年　第８回芭蕉顕彰名古屋俳句祭大会賞受賞
平成26年　「笹」朱竹同人、第１回奥びわ湖俳句大会選者
平成27年　「笹」竹林賞受賞、第２回奥びわ湖俳句大会選者

俳人協会会員

現住所　〒522-0047　滋賀県彦根市日夏町2680-49

句集

近江上布《おうみじょうふ》

発　行　平成二十八年二月十二日
著　者　赤木和代
発行者　大山基利
発行所　株式会社　文學の森
〒一六九-〇〇七五
東京都新宿区高田馬場二-一-二　田島ビル八階
tel 03-5292-9188　fax 03-5292-9199
e-mail mori@bungak.com
ホームページ http://www.bungak.com
印刷・製本　竹田　登

ISBN978-4-86438-501-5　C0092